FUNÉRAILLES

DE L'ALLIANCE ANGLAISE

POUR FAIRE SUITE AU CONVOI

DE M. MALBOROUGH !

Elle était de ce monde où de leur perfidie
Vivent beaucoup de gens.
Elle a mangé le pain de la diplomatie
Le laps de quinze ans.

Avec une chanson nouvelle :

PEUPLES PAYEZ LES VIOLONS !!

PETIT APROPOS

SUR UN

GRAND MARIAGE.

— ⁕ —

Prix : **15** centimes.

— ⁕ —

PARIS,

DÉPOT GÉNÉRAL, RUE DES GRAVILLIERS, 25.
PALAIS ROYAL. — GALERIES DE L'ODEON.

1846

Imp. de E. BAUTRUCHE, r. de la Harpe, 90.

FUNÉRAILLES

DE L'ALLIANCE ANGLAISE

POUR FAIRE SUITE AU CONVOI

DE M. MALBOROUGH.

Elle aima trop le mariage, c'est ce qui l'a tuée!

En vérité, je vous le dis : tout est périssable dans ce bas monde. L'arbre est emporté par la foudre ; la feuille est emportée par le vent ; et voilà qu'à son tour l'*Alliance Anglaise* vient de mourir d'une attaque d'Apoplexie matrimoniale.

l'auvre Alliance Anglaise! qui jamais se serait attendu à cette fin prématurée : on la disait immortelle; et pour tomber, elle n'attend pas même la chute des feuilles. Je crois qu'elle a trépassé, le même jour, à la même heure, que M. de Jouy, un des quarante immortels. Deux immortalités qui s'en vont! Cette fois la mort aura fait coup double !

La pauvrette, la voilà couchée dans son cercueil! regardez, c'est bien elle, qui ne la reconnaîtrait aux insignes qu'elle porte! Au milieu de larmes d'argent, semées comme de blanches étoiles, voie lactée dans un ciel sombre, voici le léopard armé de sa bonne griffe; à ses pieds est le trident renversé : et enfin, s'il fallait d'autres insignes funèbres pour faire reconnaître la morte, regardez encore cet homme agenouillé qui pleure; et pourquoi pleure-t-il? pourquoi? C'est que de sa chère Alliance, voilà tout ce qui lui reste. A quoi lui sert-il, maintenant, de l'avoir vue naître, d'avoir été son parrain, en ayant grand soin de nous faire payer les dragées du baptême? Le pauvre homme a perdu sa fille adoptive! et quelle fille? Eh! s'il est vrai que l'amour d'un père se mesure au mal que lui a causé l'éducation de ses enfants , nous comprenons combien la défunte dut être chère à cet infortuné qui refuse toute consolation, car elle n'est plus ! et, en effet, on peut dire qu'il l'avait élevée , non pas précisément au biberon Darbot , mais bien au biberon de la France qu'il avait voulu lui donner pour nourrice, bien que la France se souciât fort peu d'un pareil nourrisson ; nourrisson hargneux s'il en fut jamais ; jaloux de la beauté de sa nourrice, et cherchant, le misérable sournois, à lui déchirer ses mamelles, afin de mêler un peu de sang à la blancheur de son lait.

Ah le petit monstre ! s'il avait pu étrangler sa nourrice, comme il l'eût fait de grand cœur. Or, ce méchant enfant , c'était justement l'Alliance Anglaise qui vient de trépasser ; et cet homme qui pleure si amèrement, c'est M. Guizot, surnommé le ministre des affaires étrangères , sans doute parce qu'il était étranger à la France !

Les funérailles d'Achille jouissent d'une certaine renommée : le convoi de l'invincible Malborough a laissé chez nous d'ineffaçables souvenirs.

Mais les funérailles de l'ami de Patrocle et le convoi de M. de Malborough ne sont que de l'herbe à la Saint-Jean, à côté des funérailles de l'Alliance Anglaise.

Nous n'entreprendrons pas de vous peindre cette imposante cérémonie, pour plusieurs motifs qu'il est inutile de vous confier ; qu'il vous suffise donc de savoir que c'est M. Guizot qui conduit le deuil.

Le malheureux est vraiment fort à plaindre, sa douleur Britannique toucherait les rochers du *Calvados* : douleur si grande, si bien sentie qu'elle lui a troublé la cervelle. Hélas ! faut-il vous l'avouer, la cervelle de M. Guizot est, en ce moment, comme la culotte du bon *roi Dagobert ;* la cvellere du désolé parrain est à l'envers. Qui donc pourra la remettre à l'endroit ?

Et, si vous doutez encore du fait, voici qui devra vous convaincre.

Nous avons le bonheur de vivre en l'an de grâce 1846. Eh bien ! M. Guizot se croit au temps du fameux M. Malborough ! il le croit si fermement, que de sa voix tristement voilée comme un tambour recouvert d'un crêpe noir, il chante piteusement :

> Monsieur Malborough est mort
> Mironton, mironton, mirontaine;
> Monsieur Malboroug est mort
> Est mort et enterré   *(ter)*.

Puis, s'adressant à la France que dans sa douleur il doit croire inconsolable, il continue :

> Quittez vos habits roses
> Mironton, mironton, mirontaine,
> Quittez vos habits roses
> Et vos satins brochés   *(ter.)*.

M. Guizot, ne porte, il est vrai, ni *bouclier*, ni *cuirasse*, ni grand *sabre*; ses mains sont vides, mais ses yeux sont pleins..., oui pleins de larmes. Un grand écrivain a dit :

— « Dieu seul connaît ce que l'œil d'un roi contient de larmes. »

C'est à **M. Guizot** pleurant l'Alliance Anglaise que cettephrase-là devrait s'adresser.

Mais abrégeons cette scène douloureuse ; suivons le précepte d'Horace, hâtons-nous d'arriver au dénouement. L'Alliance Anglaise est mise en terre ; sur sa triste dépouille, on jette une première pelletée de terre , puis une deuxième pelletée, puis une troisième, jusqu'à ce que le fossé soit comblé.

Alors on prononce d'innombrables discours, où tous les orateurs imitent l'apôtre saint Jean, ayant grand soin de parler la bouche ouverte.

Enfin, on fait l'épitaphe de la défunte, et sur la pierre tumulaire on écrit :

Épitaphe de l'Alliance Anglaise :

> Ci-Git l'Alliance Anglaise :
> Fille de monsieur Guizot,
> Son amour du conjungo
> L'a mise au père Lachaise.
> Bien vîte dans son palais
> Que maître satan l'emporte:
> Prions tous pour que la morte
> Ne nous *revienne* jamais.

Il est évident que l'épitaphe n'est pas de M. Guizot ; mais on ne peut pas tout faire à la fois ; chanter M. Malborough et composer une épitaphe !

La voilà descendue au cercueil, cette bonne et sensible sœur qui a passé sa vie à jeter des pierres dans le jardin de la France, qui n'avait pas toujours la permission de lui rendre la monnaie de sa pièce. La voilà morte, bien morte! voilà un parrain veuf de sa filleule! que va-t-il devenir? Il est des douleurs qui tuent; celle de M. Guizot est de ce genre. M. Guizot a vécu d'Anglomanie, l'Anglomanie le tuera; mais sa mort aura cela de particulier qu'elle ne ressemblera à nulle autre. Et pour trouver une fin pareille, il faudrait remonter à cette époque reculée où les jeunes filles aimaient mieux devenir *laurier* que de cesser d'être sages; et ceci soit dit en passant, valait bien le prix Monthyon de l'époque.

Lecteur vous allez me dire :

— Comment, M. Guizot va être métamorphosé ?

— Oui, métamorphosé.

— Mais en quoi ?

— Devinez.

— En Brutus ?

— Non.

— En Saint-Simonien ?

— Non.

— En femme libre ?

— Pas davantage.

— En ami de M. Thiers ?

— En effet, la métamorphose serait complète ; mais vous n'y êtes pas encore.

— En homme le plus populaire de France ?

— Métamorphose impossible ; je vois que vous ne devineriez jamais. M. Guizot sera métamorphosé en fontaine, et cette fontaine sera en grand honneur chez le peuple d'Albion ; et les blondes jeunes filles de Londres viendront puiser à cette fontaine ; elles y rempliront leurs cruches.

Étrange destinée d'un homme d'esprit ! remplir des cruches après sa mort !

O fortune inconstante, voilà de tes coups !

Nos bons amis les Anglais nous reprochent de ne prendre jamais la vie par son côté sérieux : « C'est en riant, nous disent-ils, que nous marchons à une catastrophe inévitable ; Napoléon a

succombé en voulant s'appuyer sur ses frères ;
le système actuel peut succomber par un excès
d'amour filial. »

Oui, d'après nos excellents amis, la cloche
nuptiale de M. le curé doit réveiller le vieux ca-
non européen, déjà la France est assiégée, bom-
bardée ; la marée de l'invasion monte ; en deux
mots, le mariage d'un Prince français avec une In-
fante d'Espagne doit être plus fatal à la France
que ne le fut jadis à la Grèce l'enlèvement de la
belle Hélène.

— Comment voilà le langage de l'Angleterre ?

— Oui, de l'Angleterre elle-même, cette fidèle
Alliée !

— Alors, vous avez bien raison de le dire :

L'Alliance Anglaise est morte !

— Elle est plus que morte, elle est enterrée !
Un De profundis, s'il vous plaît.

ÉPITHALAME.

Monseigneur le duc de Montpensier se marie, c'est fort bien ; sa fiancée est jeune, riche et grande princesse, encore mieux ; ce serait donc ici parfaitement l'occasion d'écrire un épithalame princier. Mais nous laissons cette tâche à M. A. Dumas qui doit bien quelque reconnaissance au jeune prince.

Quand les Princes se marient, à qui revient l'honneur de payer les violons de la noce ? Évidemment, c'est aux *peuples* que cet honneur appartient.

Prince, mariez-vous donc, et vous peuples,
. . . . Peuples payez les violons ! !

PEUPLES PAYEZ LES VIOLONS.

Dans le palais des grands on se marie ;
Cloche, j'entends ton carillon joyeux.
Pauvre, arme-toi de ta philosophie;
Vois le bonheur sans en être envieux.
Oui, les destins sont pleins d'intelligence;
Contre le ciel vainement nous luttons.
Puissants du jour, livrez-vous à la danse;
    Pauvres, payons les violons !

Quand le soleil scintille sur nos têtes
Chacun de nous a sa part de clarté ;
Quand l'Aquilon déchaîne les tempêtes,
Chacun de nous frémit épouvanté ;
Dieu pèsera dans la même balance
Petits et grands, princes et marmitons,
Et cependant, c'est le riche qui danse ;
    Pauvres, payons les violons.

Bon ouvrier, sous ton marteau docile
Le bloc se change en un brillant palais ;
D'un autre maître il deviendra l'asile :
Tu fais des rois, tu ne règnes jamais.
Au champ fécond nous livrons la semence ;
Mais rarement, hélas nous moissonnons :
Riches heureux, livrez-vous à la danse ;
    Pauvres, payons les violons !

Sous les drapeaux de notre belle France
Avec orgueil s'enrôlent nos enfants ;
Que du combat le branle-bas commence,
Vous les verrez, ou vainqueurs ou mourants :
Au premier rang ce soldat qui s'élance
Est fils du peuple, et nous le réclamons :
Ainsi toujours qu'on se batte ou qu'on danse,
    Il faut payer les violons !

Quand vient la fin d'une longue semaine,
Dans la gaîté nous oublions nos maux,
L'archet joyeux résonne, il nous entraîne ;
Et nous chantons quelques couplets nouveaux ;
Mais le *pouvoir*, usant de violence,
Nous interdit jusques à nos chansons.
Ah ! laissez-nous et le chant et la danse,
    Nous en payons les violons !

Que l'étranger nous déclare la guerre ;
Pour le pays s'armera notre bras.
On nous verra voler à la frontière
En répétant notre hymne des combats.
Mais que le ciel trompe notre vaillance,
Qu'un traître vienne à livrer nos canons ;
C'est encor nous qui payons de la danse,
    Oui, qui payons les violons.

FIN.

DU MEME AUTEUR.

Le Cheval de *Créquy*, comédie du théâtre du Vaudeville.

La Marseillaise des Polonais (6ᵉ édition).

Le Chat du ministère (2ᵉ édition).

Le Faubourg St-Antoine mangé par les rats de l'éléphant de la Bastille (4ᵉ édition).

SOUS PRESSE.

La CHANSON des états et métiers de Paris.

    1ʳᵉ livraison. — Le marchand de vin.
    2ᵉ   —   — L'épicier. — Madame l'épicière.

    10 *centimes la livraison.*

Les deux premières sont en vente.